Anna Krapfenbauer

Die Welt um uns

Gedichte

Herausgegeben von der
Internationalen Friedens-Mission
Bertha von Suttner

Die Kleine Bibliothek - Wien

Die Deutsche Bibliothek - CIP-Einheitsaufnahme

Krapfenbauer, Anna:
Die Welt um uns : Gedichte /Anna Krapfenbauer.
Hrsg. von der Internationalen Friedens-Mission
Bertha von Suttner,
(Präs. Univ. Prof. Dr. Gertraud Repp)
Wien: 1998
ISBN 3-9500746-0-0

Umschlaggestaltung nach einer 'Mail Art'-
Originalgrafik von Anna Krapfenbauer
Ausgestellt und archiviert vom Verband
der Wiener Volksbildung

Herstellung: Brod Druck, Wolfsberg, Ktn.
ISBN 3-9500746-0-0

Die Welt um uns

Gedichte

Geschenkte Tage

Geschenkte Tage - knapp bemessen,
Du kennst nicht ihre Zahl.

Ein Tag - für viele andere!
Wann kehrst du wieder, Freudenstrahl?

Keine Sorgen - keine Müh!
Doch etwas fehlt - du meinst nicht viel?

Ein Lüftchen hebt an und weht dahin.
Vielleicht erreicht es das Ziel?

Ein Abend klingt aus. Müd´ ist der Tag
Und müde bin ich.

Ein Menschenleben

Das Leben fließt dem Strome gleich
Vorbei an schönen Orten, Plätzen.
Es gibt kein Stillestehn.
Bewegt, einmal ruhig, einmal schnell
Ursprung oft in steiler Höhe
Vom Gipfel geht es schnell bergab
Gleich einem Wasserfall
Mußt kämpfen, mühen dich und plagen
Krumme Wege, Schlangenpfade
Wechseln mit Geraden.

Der Himmel manchmal sternenklar
Dann übersät mit Wolken
Dunkle Wege, dann lichtet sich der Pfad
Siehst besser dann nach vorne, nicht zurück
Ein klarer Blick über Felsen, sanfte Wiesen
Genieß ein wenig, hör die Wasser fließen
Immer rascher wird der Lauf
Auf einmal fühlst du dich der Mündung nah
Oder wird der Strom versiegen?

Es ist nicht mehr weit
Es bleibt dir wenig Zeit
Versuchst dich noch einmal zu erheben
Des Herzens Wünsche du alleine kennst
Willst einmal noch die Sterne sehen
Möchtest tauchen in das Meer der Seligkeit
Doch noch ehe du es bedacht
Endet alles still und sacht.

Du gehst

Du gehst und sagst
Du möchtest verweilen.

Du gehst und sagst
Die Zeit wird enteilen.

Du gehst und sagst
Du wirst an mich denken

Du gehst und sagst
Ich soll mich nicht kränken.

Du gehst und sagst
Du möchtest verweilen

Du gehst...

Vergebens

Die Uhren haben nicht den gleichen Gang
Du meinst es gut, es kommt nicht an
Du sagst zu viel, zu wenig
Es ist noch lange nicht getan
Du fängst von vorne an.

Beginnen, beginnen, nichts gewinnen
Ein Mißverständnis folgt sogleich
Stillstand, keine Bewegung
Nur keine Regung
Die Uhren haben nicht den gleichen Gang.

Mir fehlt

Mir fehlt, mir fehlt
Die Kraft...
Mir fehlt, mir fehlt
Der Mut...

Mir fehlt, mir fehlt
Die Hoffnung
Mir fehlt, mir fehlt
Der Mut...

Leben

Geborgtes Glück
Von Schatten umgeben
Wie mit Wolken
Vor dem großen Regen.

Versuch es zu nützen, wenn
Auch die Schatten nicht weichen
Verschwende nicht die Zeit
Die Tage rasch verstreichen

Sehr früher Frost
Die Wirklichkeit
Ein Fenster öffnet sich
Für mehr Bescheidenheit.

Dialog im Dunkel

Finsternis überall
Ich suche einen Anker
Ich greife nach der Hand
Ich erreiche sie nicht.

Geöffnete Tür

Geöffnete Tür, doch wohin soll ich gehen?
Glatter Asphalt, alle Wege versperrt.
Transzendente Welt, erahnt ein wenig.
Sowieso bemessene Zeit, unser Los.
Je mehr sie mir entschwindet,
Umso mehr nur ein Hauch.
Besitz mir immer ferner wird.
Kosmische Dimension - Schöpfung,
Ruf sie ins Gedächtnis dir.
Beurteile deine Rolle, überschätze sie nicht!
Bilder schöner ferner Tage beflügeln mein Herz,
Längst entschwundenes Sehnen.
Wechselspiel - Unendlichkeit.
Doch du erhebst dich aus Regen, Wind und Sturm.
Klar wie die Sonne, andere Lichter verblassen.
Scheinst du für mich?

Unerreichte Ziele

Gerader Weg, stille Allee
Irgendwo ist alles zu Ende
Du möchtest viel
Siehst du das Ziel?

Ziel aus der Ferne gesehen
Abstand und Ruhe, Verlauf
Vieles vorgenommen
Alles nur begonnen.

Ruhelos

Pause, Ruhe, du verträgst sie nicht.
Stille, sie ermüdet dich.
Es treibt dich nach vorne immerzu.
Wo ist vorne? Wo ist Ruh?

Du machst dich bereit,
Willst danach suchen.
Wann kommt Stille? Wo ist Ruh?
Wo findest du....

Perspektiven

Stell den Hintergrund
In den Vordergrund
Was dich verwirrt
Dich irritiert
Legst du es offen
Macht es betroffen
Wenn man bedenkt
Wird viel geschenkt
Uns nicht im Leben
Glücklich macht Geben.

Liebe

Flammende Liebe
Geballte Kraft
Urgewalt kaum zu
Bezähmende, zu besiegen
Wie Feuer und Flut.

In Liebe verbunden
Es gibt kein Zuwenig
Kein Zuviel
Orangenhain
Goldener Schein.

Offene Welt
Verborgener Traum
Trockene Erde
Blütenpracht
Geheimnisvolle Macht.

Fragen

Der Kosmos ruft
Er zieht uns mächtig an.

Wo wird die Grenze sein
Schlafen, träumen, enden?

Wie ist das Erwachen
Denken, fühlen, leben?

Freude, Liebe, Glücksgefühl
Verstehen, wiedersehen?

Erwartung

Der ewige Schatten
Eilt mit riesigen
Schritten einher
Was kommt noch vorher?

Vielleicht die Liebe
Ein heller Punkt
In der Dunkelheit
Entfernt sehr weit.

Einem Wegweser gleich
Verheißungsvoll
Der Erwartung viel
Doch unbekannt das Ziel.

Vereint

Gefunden hab ich alles
Frieden, Freude, Zweisamkeit
Vielen Spuren folge ich
Sonne, Schatten, Finsternis.

Schöner letzter Frühling malte
Einsgewordene Schatten noch im Licht
Mondschein trug sie vor uns her.

Still hast du betreten meine Träume
Schweigsam sie verlassen
Im Geist vereint, umspannt mit Flügeln
Schwebend, spurlos, sprachlos.

Du

Der Mond, die Sterne,
Die Sonne, das Meer
Das Land, ein Ort
Ein Baum, ein Haus
Erinnerung strahlt alles aus.

Gebunden nur an dich allein
Kein Haus, kein Baum
drückt je es aus
Es lebt in mir, besteht
Nicht mehr vergeht.

Der Zug fährt ab

Abschied für lange Zeit
Bist du dazu bereit?
Ein zarter Blick
Berührung, ein Hauch
Doch lautes Tosen
Du fühlst den Wind
Er weht vorbei, vorbei...
Erinnerung, hältst sie fest
Wohl nur ein Traum
Wirklichkeit kaum.

Traumbild

Jeder Hauch ruft deinen Namen
Ebenso die Tränen und das Lachen
Lebe, lebe, ruft die Zeit
Keine Stunde tut so weh
Wie die, die ungenützt vergeht.

Oft nur vom Glück geblendet,
Doch wer zögert verfehlt das Ziel.

Was ist mir ohne dich die Sonne?
Der Jugend ungestümes Streben
Geliehen noch in späten Tagen
Gleich einem silberklaren Quell
Ist das tiefste Sein beschaffen.

Die Augen sehen viel, aber
Nichts ist deinem Bilde gleich.

Erinnerung

Ein schöner Tag, doch wenig Sonnenschein
Kehrst ein wenig bei dir selber ein
Überschaust ein Jahr, das schon vorbei
Machst dich von vielen Dingen frei.

Wo ist der Tage Glanz und Leid?
Erinnerung hält vieles fest
Vielleicht aber, daß die Zeit
Dich manches auch vergessen läßt.

Ein Spaziergang

Allein nun unterwegs
Auf gemeinsamen Spuren
Die Blätter nun verfärbt
In Wäldern und Fluren.

Ein Ereignis, es
Entscheiden Sekunden
Leg den Finger
Nicht auf alte Wunden.

Der Atem uns
Am Leben hält
Doch das Schicksal schlägt
Zu wie es ihm gefällt.

Vergänglichkeit

Regentropfen verschwinden still im Sand
Staub im Leben uns umgibt
Erde alles Leben in sich birgt
Und immer wieder neu gebiert.

Vielfalt, Einheitlichkeit
Energie, Materie
Alles sich in neuen Formen löst
Was immer uns umgibt
Schwindet ohne Grenzen.

Ausgelöscht die Eigenschaft
Der Körper, Licht, Farbe
Undurchdringlichkeit
Verlieren ihren Sinn.

Unvergessen

Ein Abend in Fülle
Nach langer bescheidener Zeit
Glocken erklingen
Ich höre Musik, spür´ Glück

Ein Jugendtraum
Breitet sich vor mir aus
Erfüllt mich
Es klingt und es singt.

Unendliches Ziel
So nah und doch
So fern zugleich
Ein Stück Seligkeit

Dann die Nacht bedeckt
Den Ort und die Zeit
Schlaf mich befällt
Vergoldete Nacht.

Du verzauberter Morgen
Doch Stille, du weiße Pracht
Kleid der Unschuld
Und Kälte zugleich.

Mit Geglitzer bedeckst
Du die Welt, deckst alles zu
Die Glut und den ewigen Schlaf
Nach irdischem Kampf und Ungemach.

HK 75

Verloren

Hoffnung gleich dem Morgentau
Rasch entschwunden
Kaum gefunden
Alles löscht das Alltagsgrau.

Alles was so greifbar war
Ist mir nun entglitten
Tränenreich hab ich gelitten
Und der Schmerz ist unteilbar.

Ereignis

Langer Tag, durchwachte Nacht
Liegt Dunkelheit vor dir
Wird alles dir genommen
Wo sind die Sterne und der Mond
Wo ist das Leben, wo die Glut
Das Verlangen, der Übermut?

Wird es für immer dunkel bleiben
Kämpft der Tag wohl mit der Nacht
Das Leben mit dem Tod?
Ein Bild prägt selig sich in meine Sinne
Gib´ der Gedanken Schwingen Raum
Bangnis schwindet, ich glaub es kaum.

Plötzlich wird es wieder hell
Licht umgibt mich, Lebensquell
Die Nacht ist überwunden
Es gibt wieder schöne Stunden
Ein neuer Tag hat begonnen
Fühl´ die Wärme aller Sonnen.

Grenzenlos - Sorgenlos?

Grenzen der vertrauten Welt
Grenze ich mich selber ein?
Jetzt geschehen - doch schon vorbei
Bringt´s die Erinnerung zurück?

Breites Band - du spulst es immer wieder ab!
Wann bin ich frei?
Ich kann die Hürde nehmen!
Unendlichkeit - ohne Grenzen - ohne Mauern!

Was erwart´ ich mir?
Schweben - hier und dort!
Zu sein, wo´s mir gefällt!
Schwerelos - sorgenlos - grenzenlos!

Zirkus

Zirkuswelt, Zirkuszelt
Einmal hier, einmal dort
Immer an einem anderen Ort.

Ich stolpere über mich selbst
Bin ein Clown -
Alle schaun.

Verberge nicht nur mein Gesicht
Komme ich gut an, kann ich´s erbringen
Wird es gelingen?

Ich tanze auf dem Seil, balanciere
Mit oder ohne Netz, allein
Oder in Reihn.

Vorbei die Angst, der Schmerz
Was macht es schon aus
Volle Kraft voraus!

Harte Arbeit ist die Wirklichkeit
Doch für Mensch und Tier
Zählt nur eines hier:

Applaus, Applaus - verklungen
Vorbei in Sekunden
Üben, warten, einsame Stunden.

Kommt die Fülle wieder?
Möchte es hoffen
Alles offen.

Schlaf, die Nacht bedeckt das Zirkuszelt
Ein neuer Morgen, neu beginnen
Alle hasten, üben, sinnen.

Ist es ein Anfang, ist für mich Schluß
Ist die Zeit schon entschwunden?
Bangen, Stunden um Stunden.

Wo ist die frische Kraft?
Ein Blatt im Wind - Vergänglichkeit
Mach mich wieder bereit.

Ich höre es rauschen, klingen,
Eile hinaus
Ist es Erinnerung oder Applaus, Applaus...?

Herbst

Der Wind verweht schon Blatt um Blatt.
Gedankenflut, bergauf, bergab.
Du schüttelst sie ab, doch unentwegt,
Du bist bewegt, bewegt.

Abschied

Mühsam, die Koffer sind gepackt
Doch du brauchst nichts.
Vieles gelernt, wenig verstanden
Viel Schweiß tropft - wozu?

Tränen, die Sonne glüht noch
Der Horizont ist so nah
Regen fällt, oder Schnee
Alles wird bedeckt.

Schlaf, Müdigkeit, doch was zählt
Ernte, alles verdorben
Du sammelst, alles voll
Nichts ist drinnen.

Vergangen, leer, du wartest
Nichts kommt, du träumst.
Wo sind die Tage?
Vergiß sie zu zählen - wozu?

Kondolenz

Ein Weg ist zu Ende
Die Schlucht überwunden
Wir können nicht ermessen
Das Glück und die Freud´
Einer anderen Zeit.

Verstrickt im Alltag
In Sorgen und Leid
Versuchen wir zu
Verstehen Gottes Wille
Und Barmherzigkeit.

Die Liebe war groß
Nun ist es der Schmerz
Beendet ist nicht
All das Glück.
Blicken wir zurück.

Der Becher gefüllt
Bis an den Rand
Mit Geben und Schenken
Nun können wir nur noch
In Liebe gedenken.

Schmerz

Die Sonne nicht mehr lacht
Der Mond verschenkt kein Licht
Der Tag ist finster wie die Nacht.

Das welke Blatt am Boden liegt
Hitze, Kälte spür ich nicht
Die Quellen sind versiegt.

Man möchte hoffen, schließen
Vielleicht wird Lebenslicht,
Erneut zur Freude fließen.

Auferstehung

Tod-Auferstehung, mit Seele und Leib
Wiedergeburt, Neubelebung
Nie endend, in strahlender Vollendung.

Ein Wunsch, viele Fragen, keine Antwort
Umhüllt von immerwährender Stille
Hoffnung auf ein Leben in Fülle.

Nach schwerbeladener Wanderung
Auferstehen, nicht verloren gehen
Alles mit verklärten Augen sehen.

Unendlichkeit, Geborgenheit
Sorgen fliehen und Schmerzen
Besiegt ist dic Enge der Herzen.

Gelassen sein, sich getragen fühlen
Das Reich der Schatten ist überwunden
Wir haben für immer Ruhe gefunden.

Der Traum, die Sehnsucht gestillt
Nur ein Hauch, Stückwerk war die Zeit
Gemessen an der Ewigkeit.

Blumen blühen auf allen Wegen
Was machte unser Herz so bang?
Glücklich leben, Sein ohne Zwang

Wir sind nun der Güte ganz nah
Gnade alle Fehler vergibt
Wir werden für immer geliebt.

Schmetterlingsflügel berühren den Stein
Die Sonne bedeckt wärmend das Tal
Gestern und heute, es war einmal.

Vertrautheit

Von Stern zu Stern
So weit, so fern
Und doch so nah
Als wärst du da
Kann dich fühlen, spüren
Deine Stimme dringt durch
Verschlossene Fenster, Türen.

Bilanz

Wir bauen auf und bauen ab
Es geht verloren
Was wird geschaffen
Was bleibt uns Toren?
Der Glanz der Welt nicht hält.

Paradies

Muß nicht mehr Abschied nehmen
Kann mich glücklich sicher wähnen.

Das Gras die Blumen und viele Bäume
Sind Zeugen meiner bunten Träume.

Die Blätter vom Goldregen
Sich sanft im Wind bewegen.

Unser kleiner Wasserfall
Die Musik begleitet mich überall.

Erinnerung ein volles Maß
Nie zuvor ich mehr besaß.

Schein

Ein matter Schein
Umgibt uns nur
So ziehn wir
Unsere irdische Spur.
Mit Bildern der Zeit
Gefüllt ist das Glas
Wünsche verhüllen
Oft Blick und Herz.
Laufen vielem hinterher
Doch wir Finden
Nichts mehr.

Rückblick

Schwach und müde ist der Tag
Herrlich schien das Ziel vor mir
Durchwanderte die tiefsten Täler
Versuchte zu bezwingen die höchsten Höhn´.

Sah Gipfel, Wüsten, Länder, Meere
Schweren Herzens blick´ ich zurück
Fand viel, und doch noch viel zu wenig
Ein sanfter Windhauch nur, alles verweht.

Vergebliche Suche

Winkel - Ecken - Falten - Wellen,
Verborgenes Entdecken!

Suchen - aber doch nicht finden!
Kann denn alles so entschwinden?

Ungenützt und ungewollt -
Doch der Wellenkamm entweicht!

Möcht´ es fühlen, möcht´ es kosen,
Möcht´s bei mir behalten!

Täuschung

Durchs Fenster Sonnenstrahlen dringen
Die ein Gefühl der Wärme bringen
Frühling sei, so kommt´s dir vor.

Öffnest Fenster du und Tür und Tor
Der Herbstwind dir entgegenweht
Der Baum in dürren Blättern steht.

Wegweiser

Bedenke den Schluß
Bevor du beginnst
Erspar´ dir den Weg
Wenn du nicht weißt wohin.

Nimm den schmalen Pfad
Vielleicht führt er ans Ziel
Glaube nicht, du mußt alles beenden
Offen steht jedem das Tor...

Müde

Viele Tage, viele Nächte
Du hoffst, wartest
Die Zeit verstreicht
Wird es leiser das Pochen
Verbrannter Weg
Spürst du den Rauch
Die Augen fallen dir zu
Ist es die Schwäche
Oder der Rauch?

Jahreslauf

Der Frühling ist Vergangenheit
Für den Sommer mach dich bereit
Viel Hitze und Glut
Viel Glück zum Verströmen

Doch wird herbstlich das Kleid
Mach dich bereit
Verschwundene Tage
Doch nicht verschwundenes Glück

Wärme, Freude und Fröhlichkeit
Auch zur Winterszeit
Und die Erinnerung bleibt
An die selige Maienzeit.

Spuren der Kindheit
Hohenwarth

Spuren der Kindheit
Mit Glanz umgeben
Verzauberte Welt
Wie nie mehr im Leben.

Selten nur mehr
War alles so wunderbar
Wie es mit den Augen
Der Kindheit war.

Nun geh ich den Weg
Der Erinnerung nach
Verlassen die Plätze
Von denen ich sprach.

Finde die geliebten
Menschen nicht mehr
Verlassen der Ort
Das Haus so leer.

Geh weiter den Weg
Er endet dort
Doch nur scheinbar
Denn Hoffnung blüht fort.

Friedhof, ein Grab
Plötzlich, ich merk es kaum -
Alles finde ich wieder
Ist es auch nur im Traum.

Hochzeit der Töchter

Kindheit, Jugend, Erwachsenwerden
Jubel, Trubel, rascher Lauf, volles Haus
Studium, der Alltag breitet sich aus
Die Zeit entrinnt, hinterläßt viele Spuren
Auf einmal ist leer das Haus.

Ein Sonntag und ein Sonnentag
Für das Kind beginnt ein neues Leben
Es bricht auf zu neuen Wegen
Während sich die Zeiger für mich
Nun sehr langsam bewegen.

Silvesterpfad in Wien

Es bewegen sich Menschenmassen
Lust und Frust am Leben
Dringt lautstark durch die Gassen.

Einer eilt am anderen vorbei
Mann, Kind und Greis
Das Ziel scheint einerlei.

Die Stunde sich nicht drängen läßt
Denn eines ist gewiß:
Das Jahr uns sowieso verläßt.

Nicht aufzuhalten, nicht zu fassen
Die Zeiger sich weiter bewegen
Gleich den Menschenmassen.

Silvestergedanken

Beginnen, beenden
Dazwischen liegt viel
In deinen Händen.

Erwachen und Träumen
Doch das Glück
nicht versäumen

Geben und nehmen
Kein Grund sich
Zu schämen

Verschlungene Hände
Ergeben ja stets
Kraft ohne Ende.

Lob der Reife
Werden - reifen, ernten - Reife

Werden - zarte Sonnenstrahlen - Erwachen.
Frühling - sprießen, Blütenschnee.
Bangen, hoffen, starten,
Und sich viel erwarten.

Kleine Schritte, weiter Weg.
Manchmal bergauf, bergab es geht.
Trügerisch sind oft die Bilder
Läufst vielem hinterher.

Reifen - helles Licht - volle Kraft
Sommer, Zeit der roten Rosen
Des Lebens Fülle dich umgibt.
Viel Hitze, Glut und Übermut.

Meilenstein um Meilenstein,
So wird es leichter sein.
Erwarte nicht zu viel!
Gib nicht auf, kurz vor dem Ziel!

Ernten - Abendsonne - lange Schatten.
Herbst-Früchte tragen, bedeutet sich plagen.
Vielleicht hast du viel erreicht?
Winde wehen, erzählen vom Vergehen.

Das Rad der Zeit sich weiterdreht.
Träumst von Überfluß und Wohlbehagen,
Von Kraft und Stärke,
Warmen, schönen Tagen.

Reife - mattes Licht - Dämmerung
Winter, volle Speicher, Gedankenfülle
Kälte, Wirbel treibt der Schnee.
Eingeschlossen, ausgeschlossen.

Einschränkung wohl, doch man erkennt,
Phantasie alle Grenzen, Mauern sprengt.
Kannst verstehen, vieles überwinden, Ruhe finden
Lächeln und dich freuen an kleinen Dingen.

Schatten im Licht

Tanzende Schatten vom Lichterkranz
Das Jahr sich rundet zum festlichen Schluß
Viel Glanz auf Plätzen und Straßen

Doch mancher entflieht dem eisigen Schein
Ist es Kälte, ist es Frost
Ist das Herz schon vereist?

Ein lieber Blick, ein Sonnenstrahl
Ein Licht in dunkler Nacht
Wärme könnte es bringen, wir es gelingen?

Jahresende

Ein besonderer Morgen
Eine lange Nacht
Das Jahr geht dem Ende zu
Finde keine Ruh.

Bringt der Tod näher das Leben
Erfüllung, Hoffnung
Reichst du mir die Hand
In einem anderen Land?

Vertrauen

Verlorene Hoffnung, vertrautest Du
Deckst alle meine Gedanken zu
Nun dennoch, es ist Tag
Plätschernde Wasser, Wellenschlag.

Herein bricht die Nacht
Jemand über mir wacht
Ich hör eine Stimme, sie ruft mir zu
„Auf bald, auf bald", und schenkt mir Ruh.

Traum oder Wirklichkeit

Beginne den Tag,
Doch vergiß nicht den Traum
Wunsch nur und Wahn
Wirklichkeit schwindet - nur Phantasie
Sei ohne Angst
Kannst nichts tun, nur warten
Schneller Schritt, bekommst du Flügel
Doch nein, es kann nicht sein
Klare Quellen, reiner Fluß
Berglicht, Gipfelkreuz
Aussichtslos - unerreicht.

Augenblicke der Erinnerung

Schiffahrt

Des Meeres Tiefen mich umgeben
Sonnenschein und Wind
Fröhliches Lachen, Leben.

Lebenskampf und Großstadtlärm
Die Sorgen vergessen
Alles weitab und fern.

Von Knossos nach Matala

Vom sagenumwobenen Ort wir südwärts ziehn,
Zum anderen Strand.
Finde ich dich?
Alle anderen nur vorüberziehn, vorbei.
Dein Gesicht sehe ich nicht.
Aufgewühlt, zerrissen, den zerklüfteten Hügeln gleich
Herzen gespalten, rote Erde wie Feuer
Die Straßen entlang, blumengesäumt, palmenreich
Der Himmel blau, dem Meere gleich.
Du treibst dahin
Gedanken auf Schienen ohne Weichen
Blumendach - Blütenflor
Möchtest erheben dich
Karstige Hügel, glatte See
Felsenschlucht, weißer Sand, weiße Bucht
Musik im Ohr, vielleicht ein Hippiechor.

Verklungen

Sirtaki, ein Lied erklingt
Du träumst, doch wovon?
Gute Luft, süßer Duft
Aus vergangener Zeit.

Man verspürt auch
Was nicht greifbar wird
Das Herz ist voll
Der Gedanken viel

Menschen vorüberziehen
Du hörst Sirtaki, ein Lied
Melodie aus Träumen gewebt
Erinnerung besteht.

Fahrt nach Ungarn

Goldgelber Teppich
Tausende von Sonnenblumen
Sie blühen reihenweis
Eine, so scheint es,
Ist der anderen gleich.

Zwar wechseln sie einmal
Am Tage die Sicht
Verbreiten helles Licht
Doch weiter bewegen
Können sie sich nicht.

Asienreise

Lotosblüte - ein Symbol
Sie zeigt uns einen Weg
Im Schlamm geboren
Zur Schönheit erkoren.

Licht in der Ferne
Spür´ Freiheit im Zwang
Nirwana - Glücksgefühl
Sag einfach: „Ich will“.

Lalara Strand

Vielfältig die Welt
Einzigartig der Traum
Die ganze Welt ist vergessen
Lalara Strand, fern so fern
nicht nur vom Land
Klippe reiht sich an Sand.

Menschen von Menschen umgeben
Des Wassers unendliche Kraft
Masse in Bewegung
Gewaltig und sacht
Palmendach vor Argus schirmt
Und Sonnenschein
Beim alleine sein.

Eine Schiffahrt

Spiegelnde Wasser, an Glanz vorbei
Fröhliche Menschen, lachender Mund
Entfernte Hügel, schwimmende Welt
Auf grundlosen Tiefen.

Gedanken flattern, den Möwen gleich
Heimwärts oder fern
Zeitdehnung - nach rückwärts gesehen
Oder immer voraus nur gern.

Überdenken, überlegen
Leben, Zeit - abrufbereit
Die Sonne schon im Meer versinkt
In der Ferne Musik erklingt.

Skiathos Illusionen

Schöner Strand, ein weißes Schiff
Menschen, einer unter vielen
Wärme, Sonne, goldner Schimmer
Sonmerträume voller Glück.

Viele Bilder nimmst du auf
Formend einen bunten Strauß
Webst Erinnerungen daraus
Was dir noch so nahe war
Wird dir immer ferner.

Es entschwinden die Konturen
Perlend gleich dem Morgentau
Und vielleicht in späteren Jahren
Denkst du gerne an den bunten Strauß.

Abschied von Santorino

Der Fuß schon bergab
Den Blick hoch erhoben
Hol noch einmal zurück
Die Stunden im Glück

Ein schönes Erlebnis
Schon entschwunden
Im Meer der Zeit
Die Gedanken weit.

Weiße Mauern.
Was verbirgt der Stein?
Weinen, verborgene Glut
Lachen, Übermut?

Ein Blick aufs Meer
Es scheint wie aus Perlen
Und Edelstein
Im hellen Sonnenschein.

An anderen Ufern

Zykadenklang am Strand entlang
Welle um Welle gemach
Gedanken hell und wach.

Phantasie treibt ihr Spiel
Wenn man die Grenze durchbricht
Die Sonne spendet gleißendes Licht.

Tobende Wasser, unbegrenztes Ziel
Am anderen Ufer erwacht
Oder ist es nur Nacht?

Allein

Ein stiller Winkel
Mit Blick aufs Meer
Ein Schiff zieht vorbei
Sehnsuchtstraum
Ein Bild erscheint.
Nur ein Trugbild
Doch märchengleich
Es verrinnen Stunden
Möchte mich wieder
Umgeben mit Leben.

Eine Fahrt nach Podersdorf

Blütenpracht in Feld und Flur
Wenige Tage sind es nur
In Blüte stehn, vorübergeht
Vergänglichkeit, nichts besteht.

Wo ist der Tage frohe Stund´
Dein lachender, lieber Mund
Ist die Zeit schon vorbei
Kommt noch einmal ein Mai?

Segelschiffe

Sonne, Wind und Wasser uns umgeben
Auf der See herrscht fröhlich buntes Leben.

Segel scheinbar nur vom Wind getrieben
Doch wir steuern nach Belieben.

Sie ziehen Spuren in das Meer
Doch bleibt alles wie vorher.

Der Sturm macht sie oft willenlos
Oder ist es Täuschung bloß.

Flauten gibt es, Stille, keinen Wind
Das kennt der Greis, das weiß das Kind.

Sie segeln kreuz und quer
Ziehen langsam übers Meer.

Und abends dann mit letzter Kraft
Man doch den Heimathafen schafft.

Karibik

Reiß mich los von der Nacht
In den goldenen Sand
Schreib deinen Namen sacht.

Ich bin sehr leise
Mit Hibiskusblüten bedeck´ ich dich
Weck dich auf meine Weise.

Genieße voll Übermut
Laß mich berauschen
Von Ebbe und Flut.

Rio

Wunderbare vergoldete Träume fliehen
Im Sonnenschein sich Wolkenkratzer spiegeln
Strahlend sie ihr Licht verströmen.

Dein Gesicht spiegelt sich überall
Begegnest mir im Lärm und Meeresrauschen
Umschmeichelst mich mit dem Wind.

Bist mir alles Glück, Leid und Freud
Doch du mußt andere Höhen erklimmen
Bist entfernt, nicht nur an Zeit.

Hochzeitspavillon in St. Lucia

Hochzeitspavillon am Strand
Mit exotischen Blumen geschmückt
Von Seeluft umgeben, eingehüllt
Mit hellem Licht erfüllt.

Plötzlich, ein heftiger Sturm
Ich eile zum Pavillon der Träume
Suche Schutz vor dem Regen
Bin von Blütenduft umgeben.

Viele haben geschlossen
Den Bund hier auf ewig
Ich höre es flüstern
Und knistern.

Ewig, welch ein Maß!
Kann man es messen an Zeit?
Oft ist ein Augenblick im Glück
Schon ein großes Stück.

Pipi Island - Asien

Zacken hängen zentnerschwer
Rote Felsen umspült vom Meer
Ohnmächtig der Mensch
Und mächtig zugleich
Den fernsten Teil der Welt erreicht er
Ein Ende, aber doch nicht mehr.

Abschied von der Karibik

Goldner Schimmer
Im Sonnenlicht
Doch nur Sand allein
Das Meer scheint wie aus
Smaragd und Jade zu sein.

Die Wellen sie kosen
Und hüllen mich
Noch einmal ein
Der letzte Blick
Er will bewahrt sein!

Die Abendsonne nun
Alles sanft bedeckt
Es ruft wieder die Pflicht
Vorbei die Tage der Wonne
Schöne Arbeit wieder in Sicht.

Ein Abend am Broadway

Alles ist riesengroß, laut und schrill
Die Menschen aber verhalten sich still.

Die Sicht ist mir oft im Getümmel verwehrt
Viele Menschen wirken in sich gekehrt.

Einer geht schweigsam am anderen vorbei
Der eine ist dem anderen egal, einerlei.

Die Welt um uns

Wunder und Wirklichkeiten

Was sind für uns Wunder?
Sind es Erlebnisse, Zeichen
Die einfach von der Norm abweichen?

Wirklichkeiten - Weltwunder
Für viele Wirklichkeiten
Generationen den Weg bereiten.

Würden Menschen vergangener Epochen
Ein Flugzeug starten, fliegen sehn,
Sie würden es als Wunder verstehen.

Für uns ist es nur Wirklichkeit
Ein Traum von Freiheit zwar
Doch erreichbar, machbar.

Aber Menschen, Völker, - Leben
Zeit mischt sich mit Vergangenheit
Sind wir für Wunder bereit?

Wundern begegnen wir überall
Überwinden wir auch Zeit und Raum
Bleibt uns die Phantasie, der Traum.

Unser Leben vom Beginn
Wunder und Wirklichkeit
Anlaß zur Freude und Dankbarkeit.

Der Frühling, die Knospen
Die blühenden Bäume,
Das Grün, das Blau, unendliche Räume.

Das Rauschen des Meeres
Ohren, um es zu hören
Viele Dinge, die uns betören.

Es sind Wirklichkeiten
Die wir als Wunder begreifen
Wenn wir menschlich stetig reifen.

Wirklich zu lieben,
Geliebt zu werden,
Das größte Wunder auf Erden.

Farbenpracht

Urfarben - Grundfarben - Primärfarben -
Gegenfarben - Mischfarben.
Kalte Farben - Warme Farben.
Farben - Farben - Farben.

Regenbogen, Gefühle wogen!
Treiben dich hin und her.
Gelb, Grün und Blau - wie der Pfau.
Farbe - Mode oder Intuition?
Farbensinn - ein Gewinn?
Doch Colorblocking - kunterbunt.

Gelb wie Wahnsinn, Heiterkeit oder Sonnenschein,
Oder Freiheit ohne Grenzen, ohne Mauern, alles überdauern.
Gelb, offene Welt, wie ein Zelt.
Schwarz für Feierlichkeit und wie die Nacht.
Trautes Heim, wie blau - treu wie die Frau?

Vom Lichte geweckt zur vollen Pracht.
Farbe, die Macht!

Farben bei Goethe: „Die Taten des Lichts“
Entstehen aus dem Trüben, dem Grau.
Weiß für Newton der Ursprung der Farben.
Farbästhetik bei Leonardo da Vinci dominiert.
Wilhelm Oswald die Harmonie der Farben
besonders interessiert.
Bei Max Lüscher Farbe zum inneren Gleichgewicht
führt.
Farbe bei Carol Jackson zur Schönheit tendiert.
Itten die Farben im Kreis demonstriert.
Während sich Schopenhauer, in bezug auf Farbe,
auf Sex konzentriert.
Sigmund Freud die visuelle Erotik - gelb - komplett
ignoriert.

Wir analysieren, interpretieren, philosophieren.
Durch Allmacht Farbe - Distanz und Nähe wir
spüren.
Farbe - sinnliche und übersinnliche Macht!
Gefühle und nicht nur Verstand regieren.
Auch wenn wir darüber debattieren!

Farben - ihr Entstehen kaum zu begreifen,
Wenn wir auch noch zu so vielen Büchern greifen
Trotz Wissens von elektromagnetischen Strahlen,
Frequenzen, Wellenlängen, welche die Zapfen der
Netzhaut treffen.

Farbe - heilende Farben, geheimnisvolle Macht.
Integrierende Teile des Lichts!
Labyrinth - kaum zu durchwinden - (Goethe).

Hol vom Himmel, dir das Blau, auch wenn
manchmal vieles Grau!
Das Grün des Waldes, für Liebe und Feuer das Rot.
Silber des Mondes Schein.
Gold - wie das Geld und die Macht.
Laß dich erfreuen von der Blumen Farbenpracht!

Wolken

Wolken, Tanz am Himmelszelt
Zauber, schwebend in der Welt
Ist es Reigen, ist es Kampf
Gebilde nur aus Wasserdampf?
In Unendlichkeit entschwinden
Mit der Erde sich verbinden
Schneesterne, ähnlich geformt
Und doch nicht genormt
Eiskristalle in sanfter Weise
Manchmal laut und manchmal leise
Entfernt, dann plötzlich nah
Und auf einmal nicht mehr da.

Träumerei in Obertauern

Gemeinsam sind wir erwacht
Nach einer wunderschönen Nacht.
Noch nie erlebte Glückseligkeit
Aber draußen Kälte und Schnee.

Die Gegenwart wir lieben
Jung sind wir geblieben
Dinge des Alltags wollen wir
Gemeinsam erleben, uns freuen.

Die Sonne schon hoch am Himmel steht
Es ist uns bewußt.

Aber mittags der Skihang fast frei
Ganz allein nur für uns zwei
Wir schwelgen im Glück
Genießen den Tag bis zur Neige.

Noch einmal bergauf wir uns begeben
Wir sprechen vom gemeinsamen Leben
Bergab wir schwingen
Letzte Fahrt ins Tal.

Weiße Spuren am Himmel ich seh
Gleich unseren im Schnee
Doch auf einmal ich erkenne
Nur ein Spur im Pulverschnee.

Winterträume

Winter, Kälte Schnee um uns.
Wir ersehnen bunte Wiesen
Rosenduft im Übermaß
Nebelschwaden ziehen vorbei
Langsam lösen sich die Schatten
Strahlend hell in Licht getaucht
Was vorher noch so dunkel war.

Das letzte Blatt am Baum

Das letzte Blatt am Kirschenbaum
Hat einen hoffnungsvollen Traum

Das letzte Blatt am Kirschenbaum
Widersteht dem Herbststurm kaum.

Das letzte Blatt am Kirschenbaum
Darf nun den Schnee noch schaun.

Das letzte Blatt am Kirschenbaum.
Fragt, wann wird es wieder taun?

Das letzte Blatt am Kirschenbaum
Der Wind weht klirrend es vom Baum.

Das letzte Blatt am Kirschenbaum
Wollt´ einen zweiten Frühling schaun.

MK

Rauhreif
Miesenbach

Eiskristall Baum und Strauch umhüllt
Silberglanz wohin man blickt
Bist geblendet von dem Schein.

Gedanken tauchen in Vergangenheit ein
Auch in die Zukunft schweifen sie
Die dir sehr endlich, nebelhaft scheint.

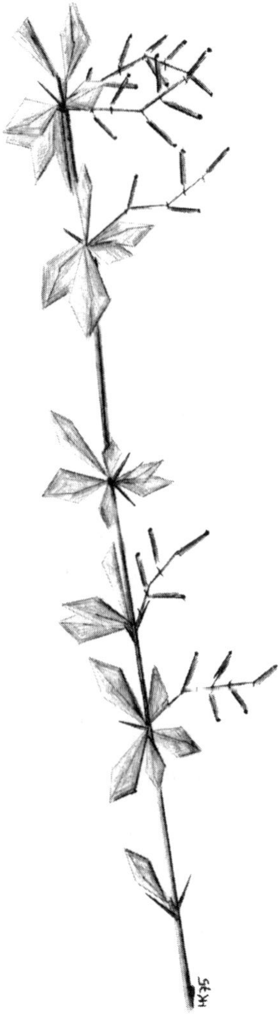

Fallobst

Fallen, gefallen
Gefallene Frucht
Es fällt der Schnee
Der Regen, der Wasserfall
Es fällt das Kind, der Greis
Der Tor und der Weise.

Blätter schweben
Fallen sanft und leise
Der Apfel fällt schwer
Wir klammern uns an
Wer hält und fest?

Ein Hauch genügt und wir fallen
Auf jeden Fall Bewegung zur Erd´
Früchte, von der Sonne beschienen
Vom Tau genetzt und genährt
Getrotzt dem Sturm und dem Wind
Doch nun zur Reife bestimmt.

Lachende Backen, rot und gelb
Aufgehoben, begehrt, verzehrt
Der Jahreskreis sich schließt
Blühen, reifen, vergehen
Der Erde übergeben
Daraus entsteht neues Leben.

In Wald und Feld und Flur
Ewiger Kreislauf der Natur
Ob groß oder klein
Ob leicht oder schwer
Ob wenig oder viel
Wir fallen alle für ein Ziel.

Zerstörte Umwelt

Ratlos bei Tag, schlaflos bei Nacht
Der Frühling nicht mehr erwacht
Wo ist der Bienen Summen
Wird vielleicht alles verstummen?

Könnte es sein, es gibt kein Erwachen
Vorbei das fröhliche Kinderlachen?
Verdorrte Wiesen, verwundeter Wald
Durch Unverstand und Brachialgewalt.

Begegnung

Begegnung, Traum und Wirklichkeit
Es war eine wundervolle Zeit
Vergangenheit, blick ich zurück
Erscheint mir wie geborgtes Glück
Pflanzen, Tiere, Bäume
Haben auch sie Träume?
Könnte man in ihrer Seele lesen!
Fühlen alle Lebewesen
Schmerz, Hoffnung, Leid
Vielleicht auch Einsamkeit?

Sommer

Die Zeiger eilten
Vorbei, vorbei
Wir aber teilten
Den Sommertag
Und Sonnenschein
Verklang Musik
Der Rose Duft
Ein letzter Blick.

Sehnsucht

Möchte spüren den Morgentau
Erleben der Sonne Erwachen
Der Kinder frohes Lachen
Des Windes mildes Kosen
Des Sturmes Brausen
Des Mondes Schein
Der Hitze Glut
Des Lebens Fülle
Der Jugend Übermut.

Auf der Suche

Könnt´ ich blicken in des Meeres Tiefen
Mich erheben in des Himmels Höhen
Überfliegen alle Berge
Überqueren alle Seen
Würde suchen doch nur eines
Einem Diamanten gleich
Zwar nie besessen
Doch aller Freuden reich
Nicht zu wägen, nicht zu messen.

Beobachtung

Silberglanz im Sonnenschein
Schillernde Härte
Am felsigen Gestein.

Von Gegensätzen man spricht
Wie Freude und Schmerz
Schatten und Licht.

Der Glanz verschwindet
Die Dämmerung bricht herein
Meer und Sonne sich verbindet.

Wach werden

Die Rose Blatt für Blatt
Sich öffnet, blüht
In voller Pracht
Wenn noch die Sonnen glüht.

Doch plötzliches Erwachen
Der Sommer bald zu Ende geht
Die Blätter fallen
Der Wind alles verweht.

Kraut und Unkraut

Frühlingserwachen
Im Gärtlein der Kindheit
Der Schnee schmilzt sacht
Während einer Nacht.

Der Eiszapfen in den
Kleinen Händen löst sich auf
Wasserbächlein rieseln gemach
Werden zum kleinen Bach.

Er fließt entlang
An längst verlassenen
Alten Häusern und Zäunen
Süßer Duft dringt aus den Bäumen.

Die Sonne macht alles wach
Trägt Wärme über Felder und Fluren
Alles freut sich über das neue Kleid
Trotz aller Bescheidenheit.

Vieles wuchert und sprießt
Kraut und Unkraut
Das Kinderauge nur eines sieht:
Alles wunderschön blüht.

Überflutet ist alles mit Erinnerung
Und vielen bunten Träumen
Der zarten Frühlingsluft
Dem Blütenduft.

Das Bächlein fließt weiter
Es plätschert dahin
Manchmal erstarrt noch bei Nacht
In der Morgensonne zum Leben erwacht.

Der murmelnde Bach

Dunkler Wald und klarer Bach,
Verschlafen noch und doch schon wach.
Was erzählst du mir? Du murmelst bloß?

Kann´s kaum verstehn!
Nebel - Vergänglichkeit?
Haben wir noch Zeit?
Sag es mir, wie geht es dir?
Versteh´ dich nicht, kann´s nicht fassen!
Kann´s nicht begreifen!

Von Nebel bedeckt und kühl
Doch plötzlich - die Sonne erwacht!
Unsagbar - gutes Gefühl!

Hibiskusblüte

Man steckt sie uns ins Haar
Sie vermittelt Frühlingsgefühl
Im Morgentau zum Leben erwacht
Und im nächsten Augenblick -
Man bemerkt es kaum -
Vorbei die Frische, der Traum.

Der Alltag uns wieder umfängt
Des Spiegels Glanz
Er zeigt uns die Zeit
Einzelgeschehen, ohne Gleichen
Ohne Bedeutung, doch eingeplant
Und stets auch erahnt.

Erkenntnis

Alltagsgrau, Himmelblau
Du hast es satt
Immer nur dieselbe Stadt
Nichts gefällt, werd´ nicht schlau
Doch auf einmal, das Tor ist offen
Ungewißheit und Hoffen

Wenn ich um mich schau
Frag ich mich zwar
War das Grau nicht wunderbar
Mit den paar Tupfen rot und blau?
Suche nach Gelassenheit
Es ergibt Zufriedenheit.

Geliebte Menschen

Liebe

Der Liebe Band
Besteht aus vielen
Bunten Fäden
Fest verwoben
Mit der Zeit.

Auch wenn sie
Oft auseinander
Streben, sich
In verschiedene
Richtungen begeben.

In Verbundenheit,
Freud und Leid,
Festgehalten immerdar,
Sie weiter weben
Am gemeinsamen Leben.

Ich schnitt´ es gern in alle Rinden ein...

Blonde Locken im Frühlingswind
Wirbeln durch die Welt
Schon erwachsen und doch noch Kind.

Suchte viel hier und dort
Eilte Meilen kreuz und quer
Stets an einem anderen Ort.

Konnte die Welt erkunden
Bewunderte Goethe und Rodin
Ersehnte schöne Stunden.

Wollte alle Gipfeln stürmen
Hatte viele Träume
Wünsche mehr und mehr sich türmen.

Die Zeit verstreicht
Tage scheinen wie Minuten
Vieles man vergleicht.

Eines lernte ich dabei
Trotz weiter, lichter Horizonte
Ist man nur in seinen Träumen frei.

Nun der Herbstwind weht durchs Silberhaar
Nicht vergleichbar mit dem Frühling
Doch scheint alles noch so wunderbar.

Ist es nur ein Traum
Zwei Buchstaben, schnitten Wunden wir
Ein Herz in einen Baum?

Das Leben schien mir hold
Die Botschaft, wie ins Herz gebrannt
Und wie der nahe Ginster gold.

Der Liebe Zeichen, Spur
Erinnerung an eine schöne Zeit
Oder sind es Illusionen nur?

Stärker der Baum, die Spuren nicht verschwunden
Verblaßt, noch sichtbar zwar,
Doch für den Baum kaum noch Wunden.

Dem Vater

Aus nun schon ferner Sicht
Doch spürbar nah
Hebst mich vom Alltag ab
Existent, aber greifbar nicht.

Einem Korallenriff gleich
in tiefer See
Begebenheit vor langer Zeit
An Träumen reich.

Vergangenheit zwar
Doch das Klingen bleibt
Und die Erinnerung
An Tage wunderbar.

Hast nicht viel besessen
Auf dieser Welt
Doch dein Reichtum
An Liebe war unbemessen.

Hattest mehr zu geben
Als Gut und Geld
Warst ein Sonnenstrahl
Für mich im Leben.

Der Mutter

Ein Tag, ein Fest
Bin gut gelaunt
Für mich allein
Entflieh dem Ort
Weit weg, jemand fehlt.

Von Steinen umgeben
Nein, nur Schein
Hast du Ruhe gefunden.
Möchte dir vieles sagen
Einmal nicht klagen.

Ich schmücke den Hügel
Will ein wenig vergelten
Verdank dir viel
Ist es zu spät oder
Wird es vernommen?

Beklommen geh ich weg
Doch horch, eine Stimme
Sie flüstert mir zu:
„Mein Kind, ich danke dir
Sei wieder froh,
Ich bin es ebenso."

Persönliches und Allgemeingültiges

In der Welt des Kleinen blitzt das Große auf. Dieser Goethe-Gedanke ist Anna Krapfenbauer nicht fremd. Ihr Blick auf die „Welt um uns“ ist nicht der des Forschers, der die Natur zergliedert und analysiert; vielmehr nähert sie sich ihrer Umwelt mit jener empfindsamen Anteilnahme, die noch in der kleinsten Kirschblüte einen Abglanz des ewigen „Sein und Werden“ zu erkennen vermag. So wird die Blüte zum Spiegel persönlicher Glücks- und Leidensmomente.
Die Wahrnehmungsfähigkeit des Feinstofflichen ist dem Zivilisationsmenschen, der die Schöpfung allzuoft als Störenfried betritt, weitgehend abhanden gekommen. Die Grundhaltung des Staunens, die dem lyrischen Werk Anna Krapfenbauers stets zugrundeliegt, muß dem heutigen schrankenlosen Regime der technischen Rationalität genauso fremd erscheinen wie ein Gedichtband, der in aller Bescheidenheit den Finger auf jene unaufdringlichen Kleinigkeiten richtet, die das Leben für jeden Menschen täglich in übergroßer Fülle bereithält.
So gesehen sind Anna Krapfenbauers Gedichte irritierende Fremdkörper in einer Zeit, die gewohnt ist, die Bedeutung der Dinge nach ihrem materiellen

Wert zu bestimmen. Ein Rosenblatt, zwei Anfangsbuchstaben, in eine Baumrinde geschnitten, ein Bächlein, das sich einen Weg durch hartes Gestein bahnt: die Welt um uns trägt ihre Geheimnisse offen vor sich her. Doch wer sieht sie, solange nicht ein empfindender, wohlmeinender Mensch sie uns zeigt?
Wer nicht verlernt hat, in die Natur hineinzublicken, ihren Eindrücken nachzuspüren und in sie hineinzuhören, den wird die Dichtung Anna Krapfenbauers nicht unberührt lassen.

Wien, im März 1998

Anton Badinger
Herausgeber der Kleinen Bibliothek Wien

Zur Autorin

Anna Krapfenbauer, geb. Leitner, Jahrgang 1936, wurde im niederösterreichischen Hohenwarth als drittes Kind einer Kleinbauernfamilie geboren. Durch den Krieg verlor sie den Vater. Der Opferbereitschaft ihrer Mutter verdankte sie den Besuch der dreijährigen Hauswirtschaftsschule im Internat der Englischen Fräulein in Krems. Nach Abschluß der Höheren Bundeslehranstalt für Mode und Bekleidungstechnik in Wien, Herbststraße, erwarb sie das Meisterdiplom. Sie ist verheiratet und Mutter zweier Töchter.

Frau MD Anna Krapfenbauer ist seit mehr als zwei Jahrzehnten in der Erwachsenenbildung tätig. Sie ist auf den Gebieten Mode, Farbe und Stil sowie Ernährung eine gesuchte Referentin. 1994 verlieh ihr der *Verband Österreichischer Volkshochschulen* für anerkennenswerte Leistungen die Ehrenurkunde des Verbandes.

Einige ihrer Gedichte wurden in den *Agemus Nachrichten Wien,* im Band *Die Gralstätten* von

o Univ.Prof. Dr. Blanka Horacek, sowie in der Publikationsreihe *Zeitschrift für Werke deutschsprachiger Gegenwartsautoren* veröffentlicht. Seit 1994 zählt sie zum Kreis „Döblinger Autoren auf dem Cobenzl".
Anna Krapfenbauer ist Vizepräsidentin der Internationalen Friedens-Mission „Bertha von Suttner".

Prof. Liselotte Klammer
Leiterin der Fachgruppe
für Handwerklich-Kreative Frauenkurse
des Verbandes der Wiener Volkshochschulen

Illustrationen:

Mag. Adelheid Kidéry und Dr. Maria Neurath,
beide geb. Krapfenbauer

Inhalt

Augenblicke der Erinnerung

Die Welt um uns

Geliebte Menschen